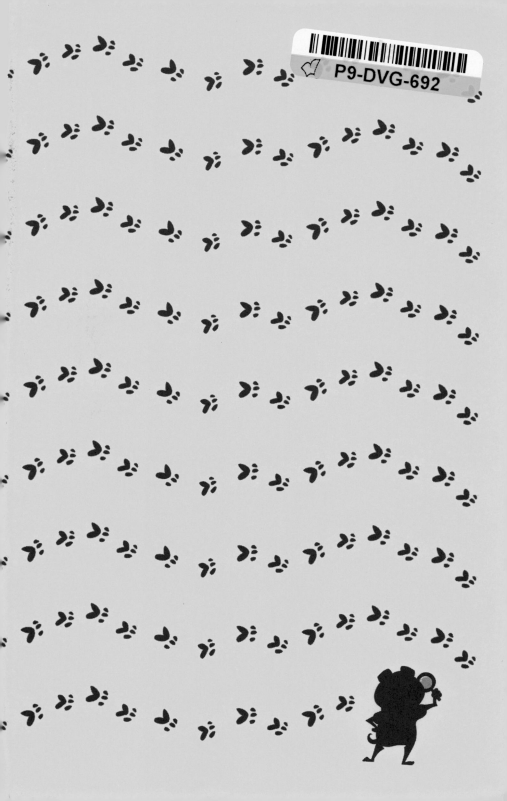

M

Papel certificado por el Forest Stewardship Council®

MIXTO
Papel procedente de
fuentes responsables
FSC
www.fsc.org   FSC® C117695

Primera edición: enero de 2018
Tercera reimpresión: noviembre de 2020

Printed in Spain – Impreso en España

ISBN: 978-84-9043-891-6
Depósito legal: B-23.015-2017

Compuesto en Compaginem Llibres, S. L.

Impreso en Limpergraf
Barberà del Vallès (Barcelona)

GT 3 8 9 1 6

Penguin
Random House
Grupo Editorial

PERROCK HOLMES

SE HA ESCRITO UN SECUESTRO

ISAAC PALMIOLA

ILUSTRADO POR
NÚRIA APARICIO

Montena

Julia

No se arruga ante nada. Dice lo que piensa sin cortarse un pelo y es tan convincente que podría venderle una nevera a un esquimal. Adora los libros de misterio y le apasionan los casos peligrosos.

Diego

Es un genio de la informática y la tecnología. Usa tabletas, ordenadores y móviles con la misma facilidad con la que se hurga la nariz. Para él, la bruja de su medio hermana es peor que un grano en el culo.

Doctor Gatson

Los osos perezosos parecen hiperactivos al lado de este gato gordinflón. Gatson nació cansado y no suele moverse mucho a menos que le ofrezcan comida de la buena (pienso no, gracias). Sus grandes pasiones son comer y dormir, pero aunque parezca mentira, a veces se le da bien investigar. Es capaz de hablar con Perrock y sus amos, y tiene una imaginación muy retorcida para gastar bromas.

Perrock

Es capaz de comunicarse con sus amos y detectar sentimientos en los humanos, algo que lo convierte en uno de los investigadores más eminentes del mundo. Travieso —casi gamberro—, es un ligón pese a ser tan pequeñito. Su mayor debilidad son las perras altas, a las que trata de seducir sin excepción.

Capítulo 1

La puerta del piso se abrió un palmo y una nariz de patata y verrugosa asomó por la rendija. Esa nariz solo podía pertenecer a un anciano.

 —¿Quién es?

—Buenos días, somos investigadores del Mystery Club: esta es mi hermana Julia, este es Perrock y yo soy Diego —se presentó educadamente.

El anciano descorrió la cadenita que mantenía la puerta bloqueada y la abrió para dejarlos pasar.

—Me llamo Balbino —saludó con una sonrisa. Acto seguido, estrechó la mano de Diego, la de Julia y la de Perrock. Tras un elocuente «La señorita es algo

9

bajita y... peluda» refiriéndose al perro, quedó claro que el anciano veía menos que un murciélago sordo.

Lo siguieron a través de un pasadizo hasta llegar a un comedor repleto de objetos. La decoración era recargada, con estatuillas de santos, platos con inscripciones estilo «Yo estuve en Bajalascabras del Monte» y una completísima vajilla de porcelana que debía de haber pertenecido como poco al primo segundo de Cervantes.

—¿En qué podemos ayudarlo? —preguntó Diego.

—He perdido mis gafas para ver de cerca.

Durante unos momentos se hizo el silencio.

—¿**HA LLAMADO AL** Mystery Club **PORQUE HA PERDIDO LAS GAFAS?** —preguntó Diego intentando no parecer desagradable.

—Son importantísimas para mí. Sin mis gafas no puedo leer, ni tan siquiera enviar mensajes por el móvil...

Julia y Diego se miraron sin decir nada. No podían creerse que la señora Fletcher les hubiese encargado otro **CASO ABSURDO**. «*Tengo cosas importantes que hacer*», les había dicho Gatson, y se había quedado en casa persiguiendo una sombra en la pared realmente sospechosa. Había que darle la razón al gato otra vez. Durante las últimas semanas habían tenido que resolver casos de lo más absurdos. Diego había descubierto que los deberes de un tal José no habían sido devorados por su perro tras comparar los papeles mordisqueados con la dentadura de José y llegar a la conclusión de que él mismo lo había hecho para así no tener que acabarlos (CASO RESUELTO EN CUATRO MINUTOS Y MEDIO); y Julia había descubierto que una mujer llamada Candelaria era en realidad rubia tras comprobar su Instagram y descubrir una selfi con su peluquera sosteniendo un frasco de tinte moreno (CASO RESUELTO EN VEINTISÉIS MINUTOS).

Y ahora los mandaban a buscar las gafas del señor Balbino.

—A lo mejor el caso es más importante de lo que parece —ladró Perrock—. ¿Queréis que me rasque la barriga a ver qué piensa?

—De momento, no —repuso Julia—. A ver, señor Balbino, ¿dónde suele usar sus gafas para ver de cerca?

El hombre pensó un instante y chasqueó los dedos.

—Hummm... las novelas de misterio las leo en la cama, el periódico en la butaca y los crucigramas los hago en el váter... Es el mejor sitio para realizar depende de qué esfuerzos...

La butaca estaba allí mismo y o las gafas estaban entrenadas por un maestro ninja o no estaban allí, de modo que solo les quedaban dos opciones. Diego miró en el dormitorio y Julia comprobó el lavabo.

—¡**LAS TENGO!** —Julia regresó al comedor instantes después—. Las tenía usted encima de un cuaderno de sudokus...

Balbino se mostró muy agradecido con los investigadores. Satisfechos de haberlo ayudado, estos le pidieron que comprobara aquellos tres sitios si volvía a perder las gafas de nuevo, y se fueron de la casa.

—Caso resuelto —suspiró Diego al salir a la calle—. Me ha gustado poder ayudar al señor Balbino, pero desde que resolvimos el caso de Animal Salvaje y frustramos los planes de Loriarty no hemos vuelto a recibir ningún encargo decente.

—Llamaré de nuevo a la señora Fletcher, a ver si esta vez nos coge el teléfono...

Últimamente la señora Fletcher no respondía a sus llamadas o colgaba tras explicarles lo muy ocupada que estaba. Estaba más rara que un hombre lobo durante un eclipse parcial de luna.

Julia activó el altavoz y llamó a su protectora.

—HOLA, CHICOS, ¿QUÉ TAL EL SEÑOR BALBINO? —saludó alegre la anciana.

14

—Gafas encontradas y caso resuelto —replicó Julia—. **¿NOS DARÁS AHORA UN ASUNTO MÁS IMPORTANTE?**

—Es que ahora no hay nada, chicos, **ABSOLUTAMENTE NADA** —se disculpó—. En cuanto haya algo, os llamo enseguida, ¿eh? **¡ADIÓÓÓSSS!**

Y colgó.

—**¿ALGUIEN PUEDE EXPLICARME QUÉ ESTÁ OCURRIENDO?** —Julia estaba enfadada—. **¡YA SOMOS DE NIVEL 5 Y HEMOS RESUELTO TODOS LOS CASOS CON ÉXITO! ¿POR QUÉ NO NOS DA NADA?**

Por una vez, Diego pensaba igual que su hermana. Claramente indignado, se había cruzado de brazos, tratando de imaginar una explicación.

—Se está haciendo la caniche sueca... —ladró Perrock.

Diego y Julia lo miraron esperando una explicación. Aquello no tenía ningún sentido.

—A veces me ocurre..., les ocurre a otros perros que no son tan increíblemente atractivos como yo. Intentan ligar en el parque y las perritas se hacen las caniches suecas: que si estoy lesionada y no puedo perseguir la pelota contigo, que si ahora mejor no, que me iba al pipicán, etcétera, etcétera. ¡Excusas de caniche sueca! —concluyó.

—**¡PUES YO YA ESTOY HARTA DE EXCUSAS!**

—Sugiero que nos plantemos en la sede del Mystery Club y que nos diga **POR QUÉ NOS DA LARGAS...**

Perrock sonrió para sus adentros mientras miraba a los dos hermanos. Por segunda vez en cinco minutos, aquellos dos parecían estar de acuerdo.

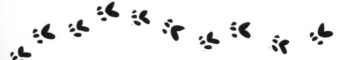

Capítulo 2

La sede del Mystery Club en Barcelona ocupaba un bloque entero de pisos. El vigilante que controlaba el acceso ya los conocía, pero tanto los dos hermanos como el perro siguieron el protocolo y verificaron su identidad poniendo sus huellas en el detector. La máquina los autorizó a pasar.

—¿Aviso a la señora Fletcher de que estáis aquí? —preguntó el vigilante.

—No, le daremos una sorpresa... —contestó Julia.

Subieron al ascensor y pulsaron el botón de la tercera planta, donde la señora Fletcher tenía su despacho.

—Esta vez no nos dará largas... —sonrió Diego, preparándose para la encerrona.

El ascensor se detuvo en la tercera planta y los tres salieron. Había cuatro tipos fornidos vestidos con monos de trabajo de color gris esperando fuera para coger el mismo ascensor. Unas letras negras en la solapa les identificaban como INSPECTOR DEL GAS y eran tan grandotes que, entre ellos, la señora Fletcher parecía uno de los enanos de la segunda parte del *Hobbit*.

—¡SEÑORA FLETCHER! —exclamó Julia al reconocerla.

—Si venís por lo de la entrevista de cotilleo, está en la mesa de mi despacho —dijo ella entrando en el ascensor con los cuatro tipos. La puerta empezó a cerrarse mientras la anciana seguía hablando—. Vamos abajo a revisar la caldera del gas, después leeré vuestro artículo...

Las puertas se cerraron y los tres investigado-

res se quedaron mirando cómo bajaba el ascensor con cara de turistas japoneses viendo la Sagrada Familia por primera vez.

—Vaya encerrona más cutre —se lamentó Diego—. **NOS HA DRIBLADO COMO SI FUERA MESSI...**

—Está claro que esta mujer tiene un instinto especial —añadió Julia casi con admiración—. En un minuto ha conseguido a cuatro operarios del gas para escabullirse. **¡IMPRESIONANTE!**

Los tres estaban atónitos delante del ascensor.

—¿No es un poco raro eso de la entrevista de cotilleo? —comentó Perrock.

—Un poco —reconoció Diego—. Es imposible que nos haya confundido con redactores de la revista, ¿verdad?

—Ha dicho que había dejado algo en el despacho —dijo Julia—. ¿Vamos a ver qué es?

Los tres recorrieron la inmensa sala repleta de

mesas. En aquella planta se redactaba la revista del Mystery Club y todos los periodistas iban de arriba abajo hablando por teléfono o consultando cosas en internet. Cuando llegaron al despacho, el ordenador estaba apagado y lo único que había en la mesa era su agenda de color negro. No había ni rastro de ninguna entrevista de cotilleos o nada que se le pareciera.

—A lo mejor quiere que le echemos una ojeada a su agenda —sugirió Julia sin convicción.

Como Diego no la contradijo, decidió saciar su curiosidad. Sus manos estaban a punto de coger la agenda cuando...

—¿QUIÉN DEMONIOS OS HA DEJADO ENTRAR AQUÍ?

La voz era grave, nasal y autoritaria.

Al levantar la cabeza, asustados, vieron a un tipo duro de unos cuarenta años en el umbral de la puerta. Llevaba un sombrero de ala, gabardina negra y barba de dos días, de esas tan rasposas que si te dan un beso en la mejilla, te tienen que llevar a urgencias y coserte puntos. Tenía la nariz torcida por alguna rotura del pasado y cara de no haber visto una comedia romántica en su vida.

—¿ESTÁIS SORDOS? ¿QUIÉN OS HA DADO PERMISO PARA ENTRAR AQUÍ?

—Bueno... yo... nosotros... somos pupilos de la señora Fletcher —tartamudeó Diego.

El tipo los miró de arriba abajo.

—¿VOSOTROS SOIS JULIA, DIEGO Y PERROCK? ENCANTADO DE SALUDAROS. —Su voz sonaba igual de autoritaria que antes—. SOY EL DETECTIVE MARLOWE, PHILIP MARLOWE.

Los tres habían oído hablar de él. Marlowe tenía fama de meterse en problemas con facilidad.

—¿DÓNDE ESTÁ FLETCHER?

—Con los inspectores del gas.

Marlowe levantó una ceja a modo de interrogación.

—Nos ha dicho que bajaba para comprobar la caldera.

—LA CALDERA ESTÁ EN ESTA MISMA PLANTA... ¿ME TOMÁIS EL PELO?

Hasta Perrock negó con la cabeza.

—¿QUÉ MÁS OS HA DICHO?

—Que la entrevista de cotilleo estaba en la mesa de su despacho.

Marlowe soltó un taco malsonante y cogió el teléfono. Marcó un número rápidamente

—SOY MARLOWE —dijo—.

QUE FLETCHER NO SALGA DEL EDIFICIO.

—Ha salido hace un par de minutos con los inspectores del gas.

Julia y Diego reconocieron la voz del vigilante que hablaba por el altavoz.

Marlowe soltó otro taco que hizo que el anterior sonara como si lo hubiera dicho Ned Flanders en un día algo complicado y volvió a marcar el teléfono.

—¿**QUÉ OCURRE?** —se atrevió a preguntar Julia.

—Estoy llamando a la policía —respondió Marlowe—. «Entrevista de cotilleo» es una vieja contraseña del Mystery Club. Significa que te han secuestrado.

Capítulo 3

Eran las seis de la tarde de un sábado y **ACABA-BAN DE SECUESTRAR A LA SEÑORA FLET-CHER**, pero eso no impedía a Marlowe zamparse una inmensa hamburguesa con doble de queso. El huevo frito que había en el centro estalló con el primer mordisco y goteó encima del plato.

—Las cosas se han puesto feas con Estudio Escarlata desde que cerrasteis el criadero de tarántulas y arruinasteis su plan para controlar las redes sociales —explicó mientras masticaba—. Por eso Fletcher no os encargaba nada importante. Sospechaba que Lord Monty iría a por vosotros...

—¿**LORD MONTY?** —Julia nunca antes había oído ese nombre.

—Algunos lo conocen como el **HOMBRE DE NE-GRO** —explicó—. Comparado con él, Jack el Destripador es un chavalín de buen corazón y Voldemort trabaja en Médicos Sin Fronteras.

Marlowe atacó de nuevo la hamburguesa antes de continuar hablando.

—Fijaos en mi nariz. Antes de toparme con Lord Monty estaba perfectamente recta. El **MUY MUY...** —Marlowe puso cara de estar reprimiendo el taco más malsonante del diccionario universal de tacos—. No puedo decir la palabra que se merece ese malnacido porque sois unos críos, pero el **MUY MUY MUY...** hizo que me dieran una buena paliza.

—¿**POR QUÉ?** —preguntaron Julia y Diego. No querían ni imaginarse que la señora Fletcher pudiera encontrarse en una situación similar.

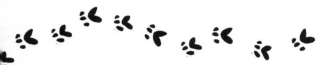

—Le dije que su risa tonta me recordaba a las hienas del *Rey León* y que había conocido piedras más inteligentes que él y su estúpido loro...

—**Loriarty** —recordó Perrock, que había tenido el dudoso honor de escuchar la risa maléfica de ese pajarraco y tampoco guardaba un buen recuerdo de él.

Marlowe terminó de engullir la hamburguesa y se limpió la boca con una servilleta de papel.

—¿Por qué la han secuestrado? —preguntó Diego.

—**ODIAN A FLETCHER** —respondió—. Ella ha frustrado muchos planes de Lord Monty y se ha ganado a pulso su enemistad. Pero habrá que esperar a que los secuestradores se pongan en contacto con nosotros para saber qué es lo que quieren exactamente.

—¿ESPERAR? —se lamentó Diego—. ¿Es eso lo único que podemos hacer?

—De momento no tenemos ninguna pista —repuso Marlowe encogiéndose de hombros.

Julia cogió la agenda de la señora Fletcher y la dejó encima de la mesa.

—La señora Fletcher nos ha dicho que la entrevista de cotilleos está en la mesa de su despacho —empezó—, y lo único que hay en la mesa de su despacho es su agenda. Quizá quiere que le echemos un vistazo...

Buscó la última semana y leyó con atención todas las entradas. Había decenas de reuniones con clientes e investigadores del Mystery Club, pero para aquel día solo había anotada una cita: «21 h. PALCO PRESIDENCIAL ÓPERA LICEO. CITA CON LADY TAFORRÁ».

Julia leyó la cita en voz alta y Diego empezó a teclear rápidamente en el teléfono móvil en busca de información sobre la tal Taforrá. Instantes después, empezó a leer la pantalla.

—«Lady Taforrá se convirtió en **UNA DE LAS DIEZ MUJERES MÁS RICAS DEL MUNDO** tras heredar el imperio empresarial de su padre: un centenar de marcas pioneras en el sector de los cosméticos —leyó Diego—. Sin vocación por los negocios, Lady Taforrá ha invertido grandes fortunas en arte, en actos solidarios y en la lucha contra el cambio climático.»

—**UNA PIJA CON BUEN CORAZÓN** —resumió Julia—. No parece una criminal... ¿Creéis que puede estar relacionada con el secuestro?

—Podría ser —repuso Diego—. **¿POR QUÉ SI NO LA SEÑORA FLETCHER NOS HABRÍA DADO ESTA PISTA?**

Julia asintió. Aunque no era muy clara, una pista era una pista. Levantó la cabeza de la agenda y miró al detective Marlowe.

—¿Podrá acompañarnos a la cita, señor Marlowe?

—¿Al Liceo? —preguntó él—. En esos sitios no dejan entrar a hombres de verdad como yo, de los que comen las natillas sin cuchara, luchan contra el crimen con sus propios puños y solo se afeitan para el día de las madres...

—Tampoco creo que a Perrock lo dejen entrar —reflexionó Diego.

—**No pienso ponerme corbata** —protestó Perrock.

Pensativo, Marlowe se rascó la barba de dos días sin que ninguno de sus dedos se lastimara y los miró fijamente.

—Mirad, chicos: han secuestrado a Fletcher, pero no estoy muy preocupado —dijo—. Sé que ella es mucho más dura que yo. Y os aseguro que yo soy capaz de ver de un tirón hasta doscientos vídeos de gatitos en internet sin siquiera sonreír un poquito, pero vosotros solo sois dos críos. **SI LA TAL TAFORRÁ ESTÁ RELACIONADA CON ESTUDIO ESCARLATA, PUEDE SER MUY PELIGROSO.** Esta gente no se anda con tonterías. ¿Estáis seguros de que queréis involucraros en esta investigación?

—**MUY SEGUROS** —respondieron los dos, tragando saliva con dificultad. Estaban asustados, pero no dejarían a su suerte a la señora Fletcher por nada del mundo.

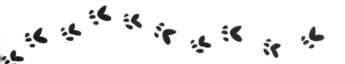

Capítulo 4

La gente más distinguida de Barcelona acudía al Liceo vestida con sus mejores galas. Las mujeres iban emperifolladas con abrigos de piel de búfalo, oso polar, chinchilla, zorro y otros tantos animales y llevaban puestas tantas joyas relucientes que habrían hecho las delicias de una tribu de Ewoks. Los hombres llevaban trajes finos, corbatas elegantes y relojes más caros que el ordenador de Diego.

—**VESTIDOS ASÍ NO PODÉIS PASAR** —los advirtió el portero—. **Y MENOS AÚN CON ESOS BICHOS.**

Al hombre no le faltaba razón. La verdad era que

Diego y Julia parecían dos pordioseros en una boda de la realeza danesa.

—Vamos al palco presidencial —informó Diego, y mostró la invitación.

Al verla, el hombre hizo una reverencia e incluso acarició a Perrock y Gatson como si fueran peluches de la Disney Store.

—**PERO ¡QUÉ MAJOS SON!** —exclamó con una sonrisa más falsa que el oro del Clash of Clans—. Pasen, pasen, Lady Taforrá los está esperando.

Los acomodadores también los obsequiaron con reverencias y los trataron de usted mientras les indicaban el camino hacia el palco presidencial. Allí, en el mejor lugar para disfrutar de la obra, los esperaba un árbol de Navidad cargado de diamantes y joyas en vez de bolas y estrellas: Lady Taforrá.

—Me parece que os equivocáis, chicos —sonrió amablemente.

—Somos los pupilos de la señora Fletcher. —Julia mostró su carnet del Mystery Club—. Ha sufrido un percance y hemos tenido que venir en su lugar.

Lady Taforrá pareció sorprendida, pero, aun así, los invitó a sentarse amablemente. Era más joven de lo que esperaban. Debía de tener unos veinte años y era muy guapa. Los ojos de Julia se desviaron hacia un impresionante collar de perlas inmensas que la riquísima mujer lucía en el cuello.

—¿Te gusta? —le preguntó—. Compré las doce perlas más grandes del mundo y encargué al mejor joyero de Israel que lo confeccionara.

—Precioso —repuso Julia, aunque pensaba que aquella joya era demasiado excesiva.

—Pesa tanto que a veces me duele la espalda. —Taforrá se quitó el collar y lo metió en su bolso, que dejó abierto en el asiento de al lado.

Entonces Perrock aprovechó para actuar. Fue

hacia la mujer agitando la cola y a ella se le encendieron los ojos.

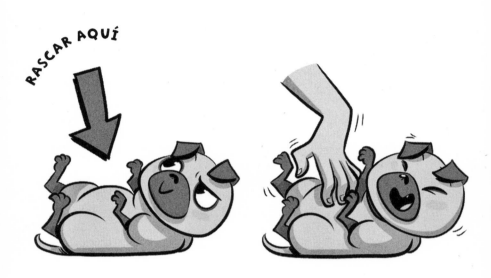

RASCAR AQUÍ

—¡Qué ricura de perrito! —exclamó, y empezó a acariciarlo—. Por favor, sentaos, chicos.

—Le encanta que le rasquen la barriga —comentó Diego.

Perrock se tumbó boca arriba y la mujer empezó a rascarle la tripa. Aparte de disfrutar de las caricias, Perrock activó su poder para leer los sentimientos de la mujer.

—¿La ha llamado la señora Fletcher para decirle que no podría venir? —preguntó Julia para ver si se ponía nerviosa.

—La primera noticia que tengo. Espero que no sea nada grave.

—Está más tranquila y relajada que Gatson haciendo la siesta —ladró Perrock—. No sabe nada del secuestro.

Los chicos no pudieron reprimir un suspiro de decepción porque esperaban que la mujer los condujera hacia la señora Fletcher, pero por suerte Lady Taforrá no se dio cuenta. Ahora estaba haciéndole carantoñas a Gatson. El gato, acurrucado junto al suave bolso de Lady Taforrá, se había quedado totalmente dormido.

—Y bien... ¿qué podemos hacer por usted?

—Ya debéis de saber que **UNA DE MIS MAYORES PREOCUPACIONES ES EL MEDIO AMBIENTE.** —Lady Taforrá se volvió hacia ellos—. Por eso decidí **DONAR** a una ONG mil hectáreas de bosque que me pertenecían y **CIEN MILLONES DE EUROS** para que ese territorio fuera debidamente protegido.

—**¡UAU, ES USTED MUY GENEROSA!** —exclamó Julia.

—El caso es que la noticia llegó a oídos de la señora Fletcher —continuó la multimillonaria—, y me pidió que le diera unos días para investigar a la ONG Salva el Bosque para asegurarse de que eran de fiar. Se suponía que hoy tenía que pasarme el informe. Mañana mismo me reuniré aquí con su presidente por la noche y **ME GUSTARÍA ASE-GURARME DE QUE MI DINERO ESTARÁ EN BUENAS MANOS.** ¿Puedo contar con vosotros?

Diego y Julia prometieron ponerse manos a la obra.

La ópera empezó en ese momento y los espectadores aprovecharon para toser antes de guardar un escrupuloso silencio. Taforrá dejó de prestarles atención y se concentró en la música. Durante casi una hora todos estuvieron pendientes del espectáculo, y justo cuando la obra concluyó y el público se puso en pie para aplaudir a los artistas, **PERROCK NOTÓ UN ALETEO A SUS ESPALDAS.** Se volvió bruscamente y vio **LA SILUETA DE UN LORO ES-CONDIÉNDOSE DETRÁS DE UNA COLUMNA.**

—¡Loriarty! —ladró—. ¡Loriarty está allí!

Al instante, Perrock salió corriendo tras él, y Diego se apresuró a seguir sus pasos.

—Pero **¡QUÉ HACÉIS!** —la señora Taforrá estaba desconcertada.

—Lo siento, tenemos que irnos —se disculpó Julia mientras agarraba a Gatson—. **¡LA MANTENDREMOS INFORMADA!**

Julia también salió corriendo detrás de Perrock, que persiguió al loro por los suntuosos pasillos del Liceo. La gente los miraba mal, pero continuaron con la persecución, apartando a todo aquel que les cortaba el paso e ignorando a los trabajadores que les llamaban la atención. El pajarraco se escondió tras unas cortinas que cubrían una puerta y al girar la esquina ya no había ni rastro de Loriarty.

—¿**DÓNDE SE HA METIDO?** —Diego respiraba entrecortadamente de tanto correr.

Buscaron por todos los pasillos y plantas del gran teatro, pero no vieron el loro por ninguna parte. El pájaro se había esfumado. Decepcionados, se dirigieron hacia la salida del Liceo.

—Por lo menos ahora ya sabemos que el secuestro está relacionado con el caso que la señora Fletcher tenía entre manos —comentó Diego—. Prueba de ello es que Loriarty estuviera aquí.

—¡**LÁSTIMA QUE SE NOS HAYA ESCAPADO!** —maldijo Julia.

Estaban a punto de salir por la puerta cuando escucharon unos gritos.

—**¡HAN SIDO ELLOS!** —gritó una voz—. **¡ELLOS ME HAN ROBADO EL COLLAR!**

Cuando se volvieron, vieron a Lady Taforrá a lo lejos, señalándolos con el dedo índice extendido.

—**¡DETENEDLOS!** —insistió Lady Taforrá, furiosa.

Varios porteros del Liceo se abalanzaron sobre ellos y los inmovilizaron. Imposible resistirse o escapar.

—**¡RÁPIDO!** —exclamó uno de ellos—. **¡AVISAD A LA POLICÍA!**

Los chicos aseguraron que no habían robado nada, pero al parecer nadie los creyó.

Capítulo 5

Un chimpancé analfabeto comiendo cacahuetes te-
clearía más rápido que el agente Zampadónuts. El
policía ya llevaba una hora tomándoles declaración
sobre todo lo que había sucedido durante la entrevista con Lady Taforrá.

—**NO TENEMOS NINGÚN COLLAR**
—repitió Julia muy enfadada—. Nos han registrado
y no han encontrado ningún collar, ¿saben por qué?
**PORQUE NOSOTROS NO
LO HEMOS ROBADO.**

—Tal vez se lo entregasteis a algún compinche
antes de que os detuvieran... ¿Quién os ha ayuda-

do? —preguntó el agente mientras se llevaba el quinto dónut a la boca. Era evidente que la velocidad que le faltaba al escribir la había transferido al departamento de devorar dónuts.

—**NADIE** —insistió Julia—. **SOMOS INOCENTES...**

—¿Y por qué os fuisteis corriendo nada más terminar la función si sois tan inocentes?

—Queríamos llegar pronto a casa —mintió ella—. Nuestros padres son muy estrictos y...

—Mejor que digamos la verdad —la cortó Diego.

—Así que habéis estado mintiendo...

—Vimos un loro escondiéndose detrás de una columna, cerca de nuestro palco —continuó Diego—. **ESTAMOS SEGUROS DE QUE FUE ÉL QUIEN SE LLEVÓ EL COLLAR.**

—**¿UN LORO?**

Zampadónuts lo miró extrañado y Julia, como si planeara arrancarle los ojos.

46

—Un loro, sí —prosiguió Diego—. Se llama Loriarty, es más malo que la cicuta y trabaja para una organización criminal llamada **ESTUDIO ESCARLATA**.

El policía tecleó aquellas palabras lentamente y volvió a levantar la cabeza.

—Esa historia del loro es muy original, pero no creo que el juez se la tome muy en serio —comentó—. Y ahora venid conmigo. Os acompañaré a vuestra celda...

El agente Zampadónuts tuvo la gentileza de encerrarlos solos, sin más detenidos. En las celdas contiguas había borrachos durmiendo la mona, ladrones de poca monta y bravucones que habían armado alguna que otra bronca por el barrio. Uno de ellos estaba vomitando en el suelo.

Perrock y Gatson se acomodaron en un banco, dispuestos a presenciar la pelea entre los dos hermanos. Julia esperó a que el policía se fuera y entonces aplaudió a su hermano con desdén.

—¿TE HAS ESCUCHADO A TI MISMO? —le preguntó—. Acabas de decir que un loro malvado ha entrado en el Liceo y ha robado el collar...

—ES LA VERDAD.

—¿Y QUÉ? —repuso ella—. No te va a creer nadie porque suena más falso que Pocoyó de presidente del Gobierno. Ya has oído al agente: cuando el juez lea nuestra declaración, le va a hacer fotos para enviarla al grupo de Jueces de WhatsApp y echarse unas risas.

—TUS EXCUSAS ERAN TAN TONTAS QUE HE TENIDO QUE INTERVENIR...

—Tú sí que eres tonto. Si te presentaras a un concurso de tontos perderías por tonto. ¡DÉJAME HABLAR A MÍ Y TÚ QUÉDATE CALLADITO!

—¿Y SI TE CALLAS TÚ?

A continuación vinieron los insultos. Cada uno de ellos soltó una retahíla de palabrotas hasta que acabaron cada cual en un extremo diferente de la

celda dándose la espalda y sin dirigirse la palabra en toda la noche.

A la mañana siguiente, el agente Zampadónuts fue a verlos.

—**HAN PAGADO LA LIBERTAD CONDICIONAL. SOIS LIBRES** —informó abriendo la puerta.

—Mi hermana dice que quiere quedarse aquí, que se siente en su salsa —dijo Diego cogiendo a Gatson.

—Y él que quiere limpiar los vómitos de ese señor a lametazos...

El agente Zampadónuts trató de ignorarlos.

—**SEGUÍS ACUSADOS DE ROBO, ASÍ QUE TENÉIS TERMINANTEMENTE PROHIBIDO SALIR DEL PAÍS.**

—Y yo que quería enviar a mi hermano al Polo Norte a disfrutar de la brisa y el fresquito... —se lamentó Julia.

50

—Qué pena, ya no podrás irte a Kenia con tus amigas las hienas —añadió Diego.

El agente Zampadónuts abrió la puerta de comisaría e hizo gestos con la mano para que salieran.

—**MARCHAOS YA DE UNA VEZ** —les dijo—. **QUE SOIS MÁS PESADOS QUE TODOS LOS BICHOS DE JURASSIC WORLD JUNTOS.**

Los dos medio hermanos salieron a la calle. Esperaban encontrarse con sus padres, pero fuera había un Mustang parado en la puerta que no reconocieron.

—¡Vamos, subid! —gritó Marlowe—.

¡HAY NOTICIAS DE FLETCHER!

Capítulo 6

La sede del Mystery Club parecía un hormiguero. Decenas y decenas de investigadores moviéndose de un lado a otro, todos pendientes del móvil, intercambiando información y con los nervios a flor de piel.

—Ya os dije que los secuestradores acabarían poniéndose en contacto con nosotros —explicó Marlowe.

Entraron en el despacho de la señora Fletcher y el detective les indicó que se sentaran frente al ordenador. Subió el volumen del aparato y puso en marcha el vídeo.

En la pantalla aparecía la señora Fletcher atada a una silla con una mordaza en la boca. Pese a su situación, mantenía la compostura, con una expresión seria y digna. De fondo se veía una ventana, por donde entraba la tenue luz del día. Julia imaginó que el vídeo se había grabado hacía poco rato, al amanecer.

—Bueno, Bueno, Bueno... —dijo una voz masculina. Los secuestradores habían aplicado un distorsionador de voz para que nadie pudiera reconocerlos—. Resulta que acabamos de cazar a la más emblemática investigadora del Mystery Club: la señora Fletcher... ¡Jajajajajaja!

—Es Lord Monty, el Hombre de Negro —aseguró Marlowe—. Puede distorsionar su voz tanto como quiera, pero esa risita de hiena bronquítica es inconfundible.

—Sí, señores del Mystery Club —continuó el supuesto Lord Monty—, acabamos de secuestrar a la señora Fletcher y solo la vamos a soltar con una condición: tenéis que disolver el Mystery Club para siempre y comprometeros a no volver a investigar ni un solo caso más en vuestra vida. ¡¡¡Jajajajajaja!!!

La risa todavía se podía oír cuando Julia escuchó otro ruido. Era más flojo, pero se podía percibir claramente el inconfundible quiquiriquí de un gallo. Entonces el vídeo se cortó.

—**HA SONADO UN GALLO, ¿NO?** —comentó ella.

—Correcto —repuso Marlowe—. ¿Y eso qué significa?

—Que los secuestradores deben de estar cerca de una granja —respondió.

—Correcto —repitió él—. Ahora mismo todo el personal del Mystery Club está siguiendo esta pista. **LOS INVESTIGADORES DE LA CIUDAD SE ESTÁN DESPLAZANDO HACIA LAS ZONAS DE CAMPO** para tratar de dar con alguna pista que nos ayude a encontrar a la señora Fletcher.

Parecía una empresa muy difícil. ¿Cómo iban a localizar todos los gallos que había en los alrededores de Barcelona? ¿Les ponían chips o algo parecido? Sin más pistas que esta, la investigación podía resultar una empresa imposible pese a la buena voluntad de todos.

—¿Y no os habéis planteado la posibilidad de disolver el Mystery Club? —preguntó Diego.

—Fletcher nunca lo aceptaría —contestó Marlowe—. El Mystery Club ayuda todos los días a mucha gente en muchos lugares del mundo. Disolverlo sería una pérdida irreparable para las personas que nos necesitan.

Los dos sabían que Marlowe tenía razón. La exigencia de los secuestradores era inaceptable.

—La encontraremos —prometió Julia—. Aún no sé cómo, pero la encontraremos...

En ese instante sonó su teléfono móvil y Julia se apresuró a descolgar. Era su padre.

—¡HOLA, PAPÁ! ¿TODO BIEN POR AHÍ?

—¡¿BIEN?! ¡¿BIEN POR AQUÍ DICES?! ¡¿BIIIIIIEEEEEENNNNNN?!

El hombre parecía al borde un ataque de nervios.

—¿Qué te pasa, papá? Te noto un poco estresado...

—¡OS ACUSAN DE HABER ROBADO UN COLLAR CARÍSIMO!

—No es para tanto —trató de sonar optimista Julia.

—¡¿QUE NO ES PARA TANTO?! —exclamó el padre—. ¡Ese collar tiene perlas del tamaño de dientes de dinosaurio! Si tu madre, yo, tu hermano, tú, vuestros hijos, nietos, bisnietos y rebisnietos trabajamos durante cuarenta años y ahorramos mucho a lo mejor podremos pagarlo. ¡Así que no me digas que no es para tanto!

—Seguro que lo recuperaremos, papá.

—¡MÁS OS VALE A LOS DOS! ¡HABÉIS ARRUINADO A LA FAMILIA, ASÍ QUE ENCONTRAD EL MALDITO COLLAR Y DEVOLVÉDSELO A LADY TAFORRÁ!

Julia se aclaró la garganta, tragó saliva con dificultad y miró a sus compañeros. Perrock estaba acurrucado en el suelo hecho un ovillo; Gatson dor-

mía tranquilamente en la mochila de Julia, Diego se frotaba las sienes como si aquello pudiera ayudarlo a encontrar una solución al problema, mientras que Marlowe estaba repantingado en la butaca con los pies encima de la mesa.

—Tenemos que hacer algo —ladró Perrock—. Encerrados aquí en este despacho no solucionaremos nada.

—¿Estáis seguros de que visteis a Loriarty? —preguntó Marlowe.

—Lo reconocería en una convención de loros del mal —ladró Perrock, seguro.

—En ese caso es evidente que han robado el collar para apartaros de la investigación —concluyó Marlowe—. Eso significa que vais bien. ¡Tenemos trabajo, chicos!

Capítulo 7

Diego pasó todo el día en casa con la nariz pegada al ordenador, investigando en internet. Solo interrumpió el minucioso trabajo para dar de comer doce veces a Gatson y para responder treinta y dos veces a la misma pregunta:

—¿YA HAS ENCONTRADO EL COLLAR, HIJO?

—Aún no, mamá, pero seguro que pronto lo encontraremos —contestaba él una y otra vez.

Diego pensaba que la ONG Salva el Bosque, la organización que estaba a punto de recibir cien millones de euros de Lady Taforrá, no era de fiar. Sin embargo, tenía una página web muy bonita y poco a poco empezó a cambiar de opinión. En la web se detallaban todas las actividades que llevaban a cabo para proteger la naturaleza y los animales. Salva el Bosque repoblaba bosques de pino quemados, introducía osos, linces, lobos y otras especies en vías de extinción en lugares donde aquellos animales habían desaparecido y se ocupaba de limpiar los bosques para evitar incendios. A Diego le pareció que realizaban una labor estupenda y pensó que la organización merecía recibir el espectacular donativo de Lady Taforrá.

Todo parecía en orden hasta que Gatson despertó de su enésima siesta. El animal dormía encima de su regazo y abrió un ojo justo cuando Diego estaba mirando la foto de un lince ibérico trepando por un árbol.

—Si esta foto no está trucada, yo soy un gato anoréxico —maulló—. Han pegado la imagen de un lince y la han enganchado en ese árbol de la foto.

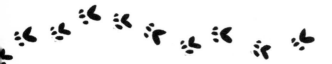

Gatson volvió a su actividad meditativa entre ronroneos, pero Diego decidió comprobar si estaba en lo cierto. La foto no parecía trucada, pero la examinó mediante un programa de edición profesional y, tras un buen rato, descubrió que, en efecto, la imagen había sido modificada con Photoshop.

«A lo mejor no había forma de encontrar un lince para hacerle la foto», pensó, pero a partir de ese momento empezó a desconfiar.

Diego siguió revisando minuciosamente la web. Había colgada una entrevista con un tal Pablo Meñi-

que, un campesino que vivía en uno de los bosques de la ONG. El hombre, con acento de pueblo y con una boina, aseguraba que desde la llegada de la ONG el bosque estaba mejor que nunca. Diego decidió ponerse en contacto con el campesino. Le llevó un par de horas conseguirlo, pero al final logró encontrarlo en Facebook. Pablo Meñique estaba muy cambiado en su foto de perfil: ahora tenía aspecto de urbanita, iba con gafas de sol y vestía ropa más moderna. Extrañado, Diego le mandó un mensaje por el chat.

DIEGO: Hola, Pablo, te he visto en un vídeo de la ONG Salva el Bosque. 🥸 ¿Ya no trabajas en el campo?

PABLO: Jajaja, qué va, no vivo en el campo.

DIEGO: ¿No eres campesino? 😳

PABLO: Nooo, soy actor. Grabé ese vídeo para promocionar una ONG. Recuerdo que me pareció

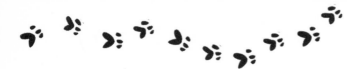

raro porque talaron un montón de árboles para aparcar los camiones con las cámaras y demás... Quiero decir, que, si quieren salvar los árboles, ¿para qué los cortan? Jajaja. No sé. La verdad es que me pagaron un pastón 🤑 por grabar el vídeo, así que no me puedo quejar.

DIEGO: Vaya... iba a donarles dinero, pero quizá me lo pienso mejor 🤔. ¡Gracias!

Diego se fue directo al cuarto de su hermana, que llevaba toda la tarde con Perrock buscando información sobre el collar de Taforrá sin éxito.

—Tenemos que decírselo a Marlowe —dijo Julia.

Diego se sacó el móvil del bolsillo, seleccionó el contacto y esperó a que respondiera. La voz grave del detective respondió a la llamada de inmediato.

—**MARLOWE AL APARATO.**

—Ya sabemos por qué la señora Fletcher quería hablar con Taforrá: la ONG es un fraude, segu-

ro que Estudio Escarlata está detrás —le informó
Diego.

—**TRATARÉ DE LLAMAR A TAFORRÁ.** A vosotros no os escuchará. Os recogeré dentro de
diez minutos —replicó él, y cortó la llamada.

Capítulo 8

Marlowe detuvo el Mustang frente al Liceo.

—La he llamado, pero tampoco ha querido escucharme... —reconoció Marlowe dirigiéndose a Julia—. Le he mandado un mail con el último número del Mystery Club para que vea que realmente sois detectives, pero no sé ni si lo leerá. Espero que consigas convencerla de que está cometiendo un grave error... Nosotros te esperaremos en el coche, pero si necesitas ayuda llámanos.

—**BUENA SUERTE** —le desearon todos, y Julia se bajó del Mustang con decisión.

El coche estaba aparcado frente al Liceo y ella

solo tuvo que cruzar la Rambla llena de turistas para entrar en el Gran Teatro. Se había teñido el pelo de color castaño y lo llevaba recogido con un par de trenzas para no parecerse demasiado a la joven ladrona que los porteros habían retenido el día anterior. Para completar el disfraz, se había vestido con un elegante vestido de su madre y había sustituido su mochila por un bolso donde llevaba a Gatson escondido.

—**BUENAS NOCHES** —saludó a los porteros, que esta vez se limitaron a partir su entrada y a dejarla pasar sin problemas.

Tras la experiencia del día anterior, Julia conocía bien el camino y subió hasta el piso donde se encontraba el palco de Lady Taforrá. En esos momentos debía de haber empezado ya la entrevista con el supuesto director de la ONG Salva el Bosque, y Julia sabía que era una oportunidad de oro para desenmascararlo. Sin embargo, cuando llegó al so-

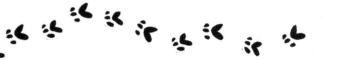

litario pasillo que conducía al palco, se detuvo brus-camente al ver que no estaba sola. Un hombre iba detrás. Sus músculos gigantes a punto de hacer reventar el esmoquin y su aspecto de haberles robado el bocadillo a todos sus compañeros de parvulario dejaban claro que **ERA UN GÁNGSTER**. Y se dirigía justo donde estaba ella. Julia maldijo entre dientes su mala suerte y se escondió detrás de una cortina. Contuvo la respiración hasta que escuchó los pasos del tipo alejándose del lugar, y cuando volvió a mirar, de nuevo estaba sola en el pasillo.

Sabía que no tenía mucho tiempo. Salió de su escondite y se acercó al palco rápidamente. Unas cortinas de terciopelo cubrían la entrada y Julia escuchó voces detrás.

—**JAJAJAJAJAJA.** —La risotada era tan desagradable como el chirrido de una tiza sobre una pizarra.

Al instante, recordó que Marlowe la había com-

parado con la de una hiena bronquítica. Sus peores sospechas se hicieron realidad: Lord Monty se había hecho pasar por el director de una ONG para estafar a Lady Taforrá.

Julia se disponía a apartar la cortina de un manotazo para darse a conocer cuando alguien la detuvo. Unas manos fuertes como tenazas la agarraron y solo pudo lanzar un pequeño grito antes de que le taparan la boca con un pañuelo.

—**¿QUÉ HA SIDO ESO?** —preguntó Lady Taforrá.

—Nada, alguien que se habrá equivocado —respondió Lord Monty—. ¿Por dónde íbamos? Ah, sí, me comentabas que ya tenías el dinero preparado...

Julia dejó caer el bolso al suelo y forcejeó, pero aquel hombre era mucho más fuerte que ella. Además, el pañuelo despedía un olor muy raro. Antes de quedar inconsciente, Julia comprendió que era cloroformo. Pero ya no había tenido tiempo de ver

que Gatson salía del bolso y se escabullía del matón.

Capítulo 9

Diego, Perrock y Marlowe estaban aparcados delante del Liceo, esperando a que Julia o Lady Taforrá salieran. Ya hacía bastante rato que la chica había entrado y los tres detectives empezaban a impacientarse. Por fin, la puerta del Liceo se abrió y una pareja salió del interior. A pesar de que estaban un poco lejos, Diego reconoció a la joven.

–¡ES LADY TAFORRÁ!

—exclamó.

Un hombre con traje y sombrero negro le había abierto la puerta educadamente para que saliera y ahora caminaba a su lado dándole el brazo.

Marlowe frunció el ceño mientras fijaba la vista sobre la pareja.

—SÍ, ESTOY SEGURO —afirmó—. ESA FORMA DE MOVERSE ES INCONFUNDIBLE: ESE HOMBRE ES LORD MONTY.

—¿QUÉ HACEMOS AHORA? —Diego se había puesto muy nervioso.

—¿Y Julia? —ladró Perrock—. Es muy raro que no haya salido aún...

—ESPERAD —dijo el detective.

La limusina de Lady Taforrá se detuvo frente a la pareja y un hombre se bajó del lujoso vehículo para entregarle dos maletines negros a Lord Monty.

—¡OH, NO! —se lamentó Diego—. Le acaba de dar todo el dinero...

Lord Monty dejó los ma-
letines en el suelo y besó
elegantemente la mano
de Lady Taforrá. A con-

tinuación, abrió la puerta del coche para que ella pudiera subir y se despidió de la joven con la mano.

Al cabo de unos momentos un Mercedes negro con cristales tintados y carrocería a prueba de balas se detuvo frente a un restaurante. Justo entonces, un matón enorme salió del teatro con Julia en brazos. Parecía dormida.

–¡**ES JULIA!** –gritó Diego, preocupado. Pero antes de que pudiera siquiera bajar del coche, Marlowe lo detuvo.

–Ahora no podemos hacer nada más que seguir a Lord Monty. Con un poco de suerte podremos rescatar tanto a Julia como a la señora Fletcher.

Lord Monty entró en el coche con los dos maletines, seguido por el matón, y el vehículo se alejó calle abajo.

Marlowe arrancó el motor y empezó a seguir el Mercedes desde una distancia prudencial. Había poco tráfico a esas horas de la noche y, al cabo de solo diez minutos, llegaron a la zona más exclusiva de la ciudad, repleta de lujosas mansiones con amplios jardines y piscinas particulares. La gente que vivía allí era tan rica que cuando se les acababa la batería del móvil, compraban otro nuevo.

El Mercedes se detuvo frente a la verja de

una mansión con un inmenso patio rodeado de árboles. A Marlowe no le quedó más remedio que seguir circulando para no ser descubiertos, pero detuvo el Mustang en la primera esquina que encontró.

—¿Creéis que la señora Fletcher está aquí dentro? —preguntó Diego, dubitativo.

—Espero que sí, pero lo del canto del gallo no me acaba de encajar —respondió Marlowe, que también tenía sus dudas—. No creo que las gallinas sean la nueva mascota de moda entre los pijos de Barcelona.

Los tres se bajaron del coche silenciosamente. En aquella parte de la ciudad no había turistas ruidosos, restaurantes abiertos o vecinos paseando el perro. El barrio estaba más tranquilo que un colegio en agosto durante una invasión zombi. **TANTA TRANQUILIDAD ERA INQUIETANTE.**

Caminaron silenciosamente hasta llegar a la mansión y espiaron a través de la valla de acero. El edificio principal era muy grande, con una inmensa azotea que tenía ni más ni menos que un helicóptero estacionado en el centro. Aquello era el colmo del lujo. Los padres de Diego y Julia se las veían y se las deseaban para pagar el alquiler de un pisito de 70 metros cuadrados y aquel tipo tenía un jardín tan grande como medio campo de fútbol. Incluso la caseta del jardinero, con la luz encendida en medio del jardín, era más ostentosa que la mayoría de las viviendas de la ciudad.

—**VAMOS, NO HAY QUE PERDER TIEMPO** —apremió Marlowe—. **¡A POR ELLOS!** —exclamó, y empezó a escalar la valla con Perrock a su espalda.

Una vez al otro lado, aterrizaron en la hierba de un salto y Diego dejó al perro en el suelo.

—**Huele a pitbull cabreado** —ladró Perrock.

Diego miró a su alrededor, pero no fue capaz de percibir nada. Solo tranquilidad.

—Vamos, no te dejes llevar por el pánico —logró calmarlo.

Sabía que Perrock tenía un sentido del olfato muy desarrollado, pero le parecía bastante difícil que pudiera detectar la raza de perro que se encontraba en aquel recinto.

—**Corremos peligro** —repitió Perrock—. **Huelo pitbulls. Y están más cabreados que Fernando Alonso en un atasco.**

—Espéranos aquí si tienes miedo —repuso Diego, y empezó a avanzar hacia la mansión.

Se acercaron a la caseta del jardinero con la luz encendida. Cuando Diego se disponía a mirar por el oscuro cristal se encendieron los focos. Eran tan potentes que tuvo que bajar la vista y protegerse los ojos porque le deslumbraban...

—**¡Corred!** —ladró Perrock.

Un coro de ladridos furiosos se abalanzó hacia ellos a toda velocidad. Diego consiguió verlos con

los ojos entornados a causa de la potente luz y vio que eran pitbulls. Pese a no ser perros demasiado grandes, sus fauces podían arrancar un brazo de un solo mordisco. Gruñían y babeaban furiosos, con los ojos inyectados en sangre.

—¡**MANOS ARRIBA!** —ordenó una voz.

Media docena de hombres vestidos de negro se acercaron hacia ellos amenazadoramente. Todos

eran grandes y fuertes y todos los apuntaban con un arma. Tenían la misma cara de asco que sus pitbulls; cara de no haberse comido un pastel de chocolate en toda su vida.

—¡**COMPROBAD QUE NO VAYAN ARMADOS Y QUITADLES LOS MÓVILES!** —exclamó uno de ellos.

En ese momento, tras entregar el móvil, Diego se dio cuenta de que tendría que haber enviado antes la localización del lugar a la policía. Ahora ya no había marcha atrás. Estaban perdidos.

Capítulo 10

—**JULIA, JULIA, JULIA**... —repetía una y otra vez la misma voz.

Resultaba agradable escucharla. Era una voz familiar y protectora. Julia abrió los ojos y al principio lo vio todo borroso. Poco a poco el rostro que tenía frente a sí empezó a tomar forma hasta que no pudo reprimir una sonrisa llena de felicidad.

—**¡SEÑORA FLETCHER!** —exclamó.

Se sentía confusa, pero estaba segura de que no estaba soñando.

—¿Cómo te encuentras? —le preguntó afectuo-

samente—. Hace un buen rato que estoy intentando despertarte...

La señora Fletcher la miraba con preocupación. Estaba sentada en una silla con las manos atadas detrás de la espalda. Entonces se dio cuenta de que a ella también la habían maniatado. Intentó separar las manos, pero alguien había hecho un buen nudo. Forcejeó un poco, pero no sirvió de nada. La habían atado a la silla con varias cuerdas que le inmovilizaban piernas y torso.

—Lo siento mucho —se lamentó la señora Fletcher—. Intenté manteneros al margen, pero sois tan insistentes...

—¿Qué ocurrió?

—Cuando volvimos de Brasil estuve siguiendo muy de cerca los movimientos de Estudio Escarlata —explicó—. Entonces descubrí que estaban interesados en Lady Taforrá y su dinero, y traté de alertarla. No tuve tiempo de conseguirlo.

Lord Monty se dio cuenta y ordenó que me se-
cuestraran...

—También hizo que nos detuvieran a nosotros
por robar un collar, pero no pasa nada —trató de
sonar optimista Julia—. Solo estamos atadas. Hemos estado en situaciones peores, ¿no?

—No quiero asustarte, bonita, pero hemos sido
capturadas por Lord Monty. Esto es más peligroso
que una jaula llena de leones a dieta de zanahorias
durante meses...

Por lo menos no habían capturado a Gatson. Solo
esperaba que el gato estuviera sano y salvo.

La joven investigadora miró a su alrededor. Se
encontraban en una especie de caseta de madera
con utensilios de jardinero: palas, tijeras de podar
y carretillas, entre otros.

De repente, se encendieron unos potentes focos
en el exterior y escuchó furiosos ladridos de perros y hombres que corrían.

—TENEMOS QUE APRESURARNOS —dijo entonces la señora Fletcher—. Trataré de desatarte las manos. De joven participé en una competición de vela y los nudos no se me dan nada mal...

Fuera, los gritos no cesaban. La señora Fletcher observó el tipo de nudo con que le habían atado las manos y a continuación se acercó a ella moviendo la silla hacia atrás como un cangrejo, avanzando centímetro a centímetro. Cuando estuvo lo bastante cerca trató de desatarla. Julia se quedó quieta, sin hacer nada, mientras sentía el tacto de las manos de su maestra. Al cabo de unos minutos notó que el nudo se aflojaba y sus manos quedaban libres. Estaba a punto de celebrarlo cuando oyeron que alguien se acercaba.

—¡TIRAD PARA DENTRO, PATANES! —gritó una voz masculina.

—¡¡¡Chisss!!! ¡¡¡Disimula!!! —espetó la señora Fletcher.

Julia hizo lo que le pedía. Se colocó otra vez

las manos detrás de la espalda fingiendo estar atada, mientras la señora Fletcher se alejaba de ella.

La puerta se abrió bruscamente y tres cuerpos volaron por el aire y cayeron rodando por el suelo: Marlowe, Perrock y Diego. Los tres estaban atados, pero Perrock era el que daba más lástima. Le habían puesto un bozal para que no mordiera y le habían atado las patas delanteras y traseras con dos fuertes nudos.

—**¡ME LAS PAGARÉIS!** —exclamó Diego, si bien en aquellos momentos no estaba en condiciones de amenazar a nadie. Estaba más atado que una bicicleta en la puerta de una convención de ladrones y el tipo que le había lanzado allí dentro era el doble de grande que él. Además, no era el único. Al levantar la cabeza pudo contar hasta seis matones y tres pitbulls en la sala. Tenía tantas posibilidades de ganarles en una pelea como de capturar a tres Pikáchus y un Charizard en la misma tarde.

—**¡JAJAJAJAJAJA!**

La siniestra carcajada les sumió a todos en un riguroso silencio. Al instante, Lord Monty, el Hombre de Negro, entró en la sala con Loriarty posado en su hombro.

—¡QUÉ IMAGEN TAN BONITA! —exclamó—. ¡MIS PEORES ENEMIGOS AQUÍ JUNTITOS, SUPLICANDO POR SU VIDA!

—Si quieres verme suplicar, puedes esperar sentado —dijo Marlowe.

—ACABARÁS SUPLICANDO, TE LO ASEGURO —prometió Lord Monty, y se volvió hacia los demás—. Tengo que admitir que habéis sido muy listos al conseguir encontrarme. Lástima que todos vuestros compañeros estén rastreando estúpidamente todos los pueblos de los alrededores en busca de ese misterioso gallo. JAJAJAJAJAJA.

—Jajajajajaja —se rio el loro, y a continuación imitó el canto de un gallo—: ¡¡¡Quiquiriquí!!!

La imitación era tan perfecta que al instante todos comprendieron que el gallo que cantaba en el vídeo no era otro que Loriarty.

Lord Monty se quitó el sombrero y sus ojos se fijaron en Perrock, como si aún no se hubiera dado cuenta de que estaba allí.

—¿QUIÉN HA ATADO ASÍ A MI QUERIDÍSIMO PERROCK? —preguntó, enfadado.

—Perdone, señor, ¿ha dicho «queridísimo»?

Loriarty parecía confundido.

—¡RÁPIDO, ESTÚPIDOS! —ordenó el Hombre de Negro—. **DESATAD A PERROCK AHORA MISMO Y LLEVADLO A MI DESPACHO.**

Lord Monty se dirigió a la salida mientras los matones se apresuraban a cumplir sus órdenes.

—¿Qué hacemos con los otros? —preguntó uno de ellos.

—Llenad de paja la caseta y rociad el suelo con gasolina —contestó—. **VAMOS A QUEMARLOS VIVOS...**

Capítulo 11

Perrock vio un collar de perlas gigantes encima de la mesa e imaginó que debía de tratarse de la valiosa joya que habían robado a Lady Taforrá.

—Señor, comete un grave error —dijo Loriarty—. Este perro es nuestro enemigo y siempre lo será... ¡Fíjese cómo mira nuestro collar! ¡Seguro que está pensando en robarlo!

—Cierra el pico, Loriarty —ordenó Lord Monty.

El loro dirigió una mirada llena de odio a Perrock, pero obedeció a su amo.

El investigador perruno no había abierto la boca desde que le habían quitado el bozal. Estaba muy

asustado, sobre todo por sus amos. No quería que les ocurriera nada malo.

—Esta es la segunda vez que te rescato de las viles garras del Mystery Club, amigo Perrock.

—¿La segunda vez? —preguntó Perrock, confundido.

—Sí, la segunda vez —contestó Lord Monty—. Por eso puedo comprender todo lo que dices. Cuando solo eras un cachorro, te salvé del Mystery Club y me convertí en tu amo, pero no te acuerdas de mí porque eras demasiado pequeño.

—Mientes —espetó Perrock—. Es la primera vez que te veo. Mi primer amo fue el Coletas y ahora está entre rejas...

—Sí, el Coletas ese es el cretino de mi hijo —contestó él—. Como todo buen padre quise ayudarlo en su carrera criminal y por eso le regalé el mejor perro del mundo. Cometí un grave error. Mi hijo era un criminal mediocre, demasiado obsesionado con pintarse las uñas de rosa. No se merecía un perro con tu inmenso talento...

Lord Monty le acarició la cabeza y Perrock sintió que un escalofrío le recorría la espina dorsal.

—Sé que mi hijo acabó en prisión por tu culpa, pero no te guardo rencor —continuó—. Ahora tenemos una nueva oportunidad para empezar de cero, Perrock. Tú y yo, juntos, dominaremos el mundo. Descubrirás el placer del poder...

—**Nunca** —ladró Perrock.

Los ojos de Lord Monty, inyectados en sangre, chisporrotearon de odio.

—Me temo que tus únicas dos opciones son idénticas: o te sometes a mí, o te sometes a mí.

Perrock disimuló el miedo que le embargaba y levantó la cabeza con orgullo.

—**Mis amos siempre serán Diego y Julia** —ladró—. **Nunca me separaré de ellos.**

—¡Pues que vuelva con ellos si tanto los quiere! —intervino Loriarty.

—**¡CÁLLATE!** —rugió Lord Monty—. ¿Es que no ves que este perro es demasiado valioso, pajarraco?

El capo del crimen se levantó de la silla y puso las manos encima de la mesa.

—Aprenderás a amarme y a servirme —prometió—. Solo es cuestión de tiempo, querido Perrock.

Lord Monty les dio la espalda y se dirigió hacia la puerta.

—**VIGÍLALE EN MI AUSENCIA, LORIARTY** —ordenó—. Quiero ocuparme personalmente de que no vuelva a ver nunca más a sus amos...

Capítulo 12

La cabaña apestaba. Los matones de Lord Monty habían rellenado el lugar con paja y la habían rociado con abundante gasolina. Una sola chispa y todos se convertirían en deliciosos pollos *a l'ast*.

—¿Qué debe de querer de Perrock? —preguntó Julia.

Tenía las manos desatadas, pero estaba obligada a disimular porque la cabaña estaba vigilada en todo momento por los matones de Lord Monty.

—Quiere que trabaje para él —contestó la señora Fletcher.

La puerta se abrió bruscamente y Lord Monty

irrumpió en la sala con los dos maletines repletos de dinero que le había entregado Lady Taforrá. Detrás de él había un hombre con una antorcha encendida, preparado para prender fuego a la caseta.

—TENGO DOS NOTICIAS: UNA MUY BUENA Y OTRA BUENÍSIMA... ¿CUÁL QUERÉIS PRIMERO?

Como nadie contestó, Lord Monty levantó los maletines para que pudieran verlos y siguió hablando.

—¿Imagináis qué llevo aquí dentro? Ni más ni menos que cien millones de euros en metálico para financiar mi nuevo proyecto. Acaban de donarme unos bosques magníficos. Talaré todos los árboles y empezaré a extraer petróleo del subsuelo. Más contaminación para el mundo y más dinero para mi bolsillo. **JAJAJAJAJAJA.**

Lord Monty estaba pletórico.

—Pero la noticia buenísima es que Perrock ha aceptado trabajar para mí. Se ha dado cuenta de que todos los cretinos del Mystery Club son unos perdedores y de que junto a mí disfrutará de un gran poder.

—¡**MIENTES**! —exclamó Julia, furiosa.

—Es la pura verdad —repuso él—. De hecho, estoy de tan buen humor que he decidido daros la oportunidad de que os salvéis...

Todos se removieron inquietos.

—**¿QUÉ QUIERES?** —preguntó la señora Fletcher.

—Que todos vosotros pidáis clemencia y digáis que soy el hombre más guapo del mundo.

—Mi madre me enseñó que no debía decir mentiras —contestó Marlowe—. Y tú eres más feo que Darth Vader sin casco y acabado de levantar...

—**ALLÁ VOSOTROS** —sonrió Lord Monty—. **DECIDLO Y SUPLICAD CLEMENCIA O...**

El matón de la antorcha se acercó hacia uno de los montones de paja, dispuesto a prenderle fuego.

—**¡UN MOMENTO, LO DIREMOS!** —gritó la señora Fletcher—. Clemencia, Lord Monty, eres el hombre más guapo del mundo.

Julia y Diego repitieron la misma frase, asustados, pero Marlowe se negaba. La señora Fletcher se volvió hacia él y le ordenó:

—**TIENES QUE TRAGARTE EL ORGULLO. ¡HAZLO POR LOS NIÑOS!**

Marlowe cerró la mandíbula con fuerza y escupió las palabras con rabia.

—Eres... el hombre más guapo del mundo, Lord Monty. Te pido clemencia.

—¡Sabía que acabarías suplicándome! —exclamó—. **JAJAJAJAJAJAJAJA.**

Esta vez la carcajada se alargó más de lo habitual.

—**JAJAJAJAJAJAJAJA.**

Cuando acabó de reír, Lord Monty los miró a todos, uno a uno. Sus ojos inyectados en sangre tenían un brillo cruel.

—¿**OS ACORDÁIS DE QUE HE DICHO QUE OS SALVARÍA LA VIDA?** —preguntó—. ¡**PUES ERA MENTIRA! ¡FUEGO!**

El matón acercó la antorcha a la paja cuando...

—¡**POLICÍA! ¡POLICÍA!** —se escuchó a lo lejos.

El matón dudó un instante. De fondo se escuchaban las sirenas de la policía. Diego se preguntó cómo habían averiguado que estaban allí.

—¡**PRÉNDELE FUEGO!** —insistió Lord Monty implacable.

El matón obedeció y el fuego se propagó rápidamente por la cabaña.

Capítulo 13

La cabaña se llenó de humo mientras las feroces llamas devoraban la paja rápidamente. Julia se levantó de un salto y tiró al suelo las cuerdas con las que fingía estar atada. Le picaban los ojos por el humo y empezó a toser violentamente. Lo primero que pensó fue tratar de desatar a la señora Fletcher, que se encontraba más cerca de ella, pero sabía que tardaría demasiado tiempo en lograrlo. Agarró la silla y la arrastró fuera de la cabaña. Abrió la puerta de una patada y salió al exterior. Allí el aire era fresco y se veían muchas luces de policía a lo lejos.

—¡SOCORRO! —gritó alguien desde dentro de la cabaña.

Julia necesitó hacer acopio de todo su valor para volver a entrar. El humo casi no le permitía ver nada y el calor era insoportable. Vislumbró un bulto en el suelo y se agachó para recogerlo.

—Primero tu hermano —tosió la voz de Marlowe, pero Julia ya lo había agarrado por los sobacos y tiró de él con fuerza arrastrándolo por el suelo.

Una vez fuera, Julia tuvo un violento acceso de tos. Miró dentro de la cabaña y solo vio el resplandor de las llamas y una espesa cortina de humo. El calor era tan intenso que quemaba la piel. Le sobrevino un pensamiento aterrador. Diego aún estaba dentro. Moriría quemado...

Julia se armó de valor y entró en la cabaña por segunda vez reteniendo el aire en los pulmones. No podía ver nada. Le pareció escuchar que alguien tosía y palpó el ardiente suelo con ambas manos.

Notó un cuerpo. Era su hermano. No se movía. En ese instante una viga del techo se desmoronó y cayó muy cerca de ellos. La cabaña estaba a punto de derrumbarse.

Con las pocas fuerzas que le quedaban, Julia tiró de él y lo sacó fuera.

—**¡DESPIERTA! ¡DESPIERTA!** —gritó sacudiéndole el cuerpo frenéticamente, pero no daba señales de vida—. **¡VAMOS, DIEGO!**

Recordó lo que le habían enseñado en unas clases de primeros auxilios y empezó a hacer un masaje cardíaco. Le inclinó la cabeza un poco y le hizo el boca a boca hasta que, de repente, Diego abrió los ojos entre violentos espasmos de tos.

—Pero ¿qué haces? ¡Quita! ¡Menudo asco!

Julia no se lo podía creer.

—Eres más desagradecido que Gatson tres minutos después de haberle puesto comida.

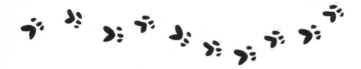

—¿AGRADECERTE EL QUÉ? ¿QUE ME HAS LLENADO DE BABAS? ¡PUAJ!

Esta vez Julia lo miró furiosa. Ella también tenía la cara manchada de hollín y el pelo medio chamuscado.

—No han pasado ni diez segundos y ya me arrepiento de haberte salvado, mequetrefe maloliente.

—Todo ha vuelto a la normalidad —sonrió la señora Fletcher, aliviada.

Justo en aquel momento el agente Zampadónuts se acercó a ellos, corriendo tan rápido como le permitían la docena de dónuts que engullía todos los días.

—¿**DÓNDE ESTÁN LOS SOSPECHOSOS?** —gritó Zampadónuts.

Un fuerte ruido en la azotea pareció responder a su pregunta. Las hélices del helicóptero empezaron a dar vueltas sobre su eje. En unos instantes el motor ya estaría preparado para despegar.

La silueta de Lord Monty se acercaba al vehículo sujetando dos voluminosos maletines y su sombrero salió volando debido al fuerte viento. No se volvió para recogerlo y se metió en el helicóptero.

¡DETENEDLOS! —gritó Zampadónuts, y varios agentes corrieron hacia la azotea.

Capítulo 14

La hélice giraba a toda velocidad, pero el helicóptero, con la puerta abierta, no despegaba.

—¿A qué esperan? —se preguntó Diego.

La policía ya había entrado en el edificio y no tardaría en subir a la azotea.

Los detectives se habían alejado de la cabaña, pero seguían en el jardín. Marlowe, manguera en mano, remojaba la humeante cabaña para apagar los últimos rescoldos.

—¡Me temo que os debo una disculpa, chicos! —exclamó una voz a sus espaldas.

Una elegante señorita se acercó a ellos esbozando una sonrisa. Era Lady Taforrá y sujetaba entre sus brazos al Doctor Gatson, ronroneando como una moto de carreras. Todos se miraron entre ellos, confundidos, esperando una explicación.

—Os tomé por unos ladrones y unos timadores, pero **ESTABA MUY EQUIVOCADA** —volvió a disculparse—. Cuando el detective Marlowe me llamó para explicarme que Salva el Bosque pretendía estafarme no supe si estaba compinchado con vosotros, pero cuando vi en el mail que me mandó que aparecíais junto a la señora Fletcher en la revista **EMPECÉ A DESCONFIAR DE LA ONG**. Entonces, cuando en el Liceo vi a esta ricura quedé convencida de que algo no iba bien.

La cosa infinitamente rica era, por supuesto, Gatson. Con los ojos entornados y un ronroneo atronador, disfrutaba de las caricias y elogios de la multimillonaria.

—Nunca subestiméis la fuerza de la ricura —maulló Gatson mientras guiñaba un ojo.

—**¡MIRAD!** —gritó Julia de repente.

Loriarty apareció en la azotea volando y se metió rápidamente dentro del helicóptero. Al instante, el vehículo empezó a tomar altura. Varios policías irrumpieron en la azotea, pero era demasiado tarde. Lord Monty había logrado escapar.

—Hay algo que no entiendo... —musitó Diego—. Si sabía que Lord Monty era un timador, ¿por qué le dio el dinero?

La joven multimillonaria esbozó una alegre sonrisa.

—Como tenía dudas, decidí preparar dos maletines: uno con dinero real y otro con unas fotocopias cutres que no conseguirían engañar ni a un bebé orco —explicó—. Por supuesto, le di las fotocopias y coloqué dentro un chip de seguimiento en el maletín para que la policía pudiera localizarlo...

—¡¡¡¡¡MALDITOOOOOOOOOOOOOOOOS!!!!!! —gritó de repente la voz de Lord Monty a lo lejos.

Del helicóptero, que se alzaba hacia el oscuro cielo, cayeron los dos maletines abiertos y una abundante lluvia de billetes fotocopiados se precipitó sobre Barcelona.

—Solo lamento no haber recuperado mi collar de perlas —continuó Lady Taforrá—, aunque ahora sé que vosotros no tuvisteis nada que ver con el robo. Os pido disculpas por haber sido tan injusta.

—Disculpas aceptadas —respondieron los dos hermanos a la vez.

En ese instante Perrock hizo su aparición estelar. Salió de la mansión con el pesado collar de perlas en la boca y Lady Taforrá lanzó un grito lleno de alegría al verlo.

—¡QUÉ PERRITO TAN LISTO! —exclamó la multimillonaria, y se arrodilló frente a él para acariciarlo—. ¿Cómo podría agradecértelo?

—Podrías presentarme alguna perrita cariñosa —ladró Perrock.

Tanto Diego como Julia se alegraron de que la mujer no entendiera a su mascota, pero no pudieron evitar echarse a reír y lo abrazaron con fuerza.

Capítulo 15

—¡PIDO UN FUERTE APLAUSO PARA JULIA, PERROCK Y DIEGO! —exclamó la señora Fletcher.

La enorme sala de conferencias del Mystery Club estaba llena a rebosar. Julia y Diego no pudieron evitar ponerse colorados mientras se levantaban de sus respectivas sillas para ir al escenario. Diego sostenía a Gatson, mientras que Julia cargaba con Perrock.

—Estos jóvenes investigadores han vuelto a frustrar los malvados planes de nuestro peor enemigo —continuó la señora Fletcher—. Les debo mi vida y se han ganado la admiración de todos nosotros. Por eso, he decidido concederles dos puntos y ascenderlos a nivel 6 para celebrar una gran victoria para el Mystery Club. ¡Felicidades, Julia, Perrock, Diego y Gatson!

Estalló otra ovación y se dibujaron alegres sonrisas en todos los rostros menos en el de Gatson.

—*¡Eh! ¡Me ha nombrado el último!* —se quejó Gatson—. *¡Si todo el mérito fue mío! ¡Fui yo el que utilizó el poder de dominar a los humanos para salvar la situación!*

—Es lo que tiene ser una ricura —se burló Diego.

En primera fila, Marlowe les guiñó un ojo y levantó el dedo pulgar en señal de aprobación.

—Tienen la palabra nuestros héroes —anunció la señora Fletcher.

Julia tomó el micrófono, aunque le temblaban un poco las manos por hablar delante de tanta gente.

—Nuestra organización tiene un enemigo muy poderoso —empezó ella—. Está dispuesto a cual-

quier cosa para destruirnos y no se detendrá ante nadie ni nada, pero también sabe que siempre nos tendrá enfrente. El Mystery Club es algo más que un club de investigadores. Es un club de buenas personas que quieren que nuestro mundo sea un lugar mejor. Y tanto mi hermano Diego y yo, así como nuestros amigos Perrock y Gatson, vamos a defender dichos valores. Por eso os vamos a hacer una promesa... **¡NUNCA PERMITIREMOS QUE ESE CALVO ENGREÍDO SE SALGA CON LA SUYA!**

Todos los presentes volvieron a ovacionar las atrevidas palabras de Julia, aunque sabían que aquella promesa no sería fácil de cumplir.

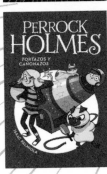

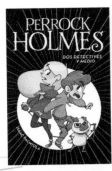
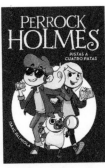

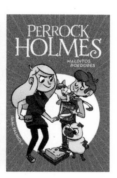

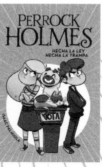

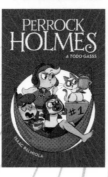

¡ESTE MISTERIO NO PODRÍAMOS HABERLO RESUELTO SIN TU AYUDA!

RECORTA TU CARNET Y PREPÁRATE PARA EL SIGUIENTE NIVEL